まじょのナニーさん

にじのむこうへおつれします

藤 真知子 作
はっとり ななみ 絵

はじめての　まほう

ユマの　ママの　おなかには、赤《あか》ちゃんが
います。
この　夏《なつ》やすみに　うまれる　よていです。
でも　赤《あか》ちゃんは、うまれる　よていの　日《ひ》を
とっくに　すぎているのに、うまれてきません。
おうちの　中《なか》は、ベビーベッドに　ベビーふく、

赤《あか》ちゃんの　おもちゃが　いっぱい。
みんな　赤《あか》ちゃんに　むちゅうで、
ユマを　わすれてるみたいです。
ユマは　ごきげん　ななめ。

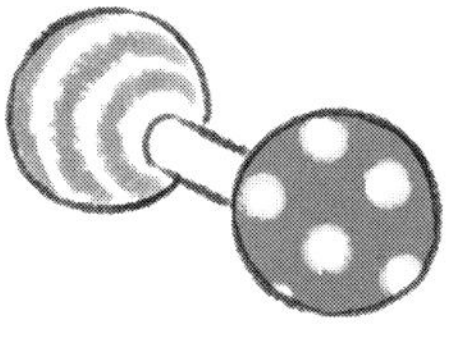

そのうえ、ママの　ぐあいが　よくなくて、
今日《きょう》から　にゅういんする　ことに
なったのです。
パパは　しゅっちょうで
いないし、おばあちゃんは
かぜを　ひいて
こられない。
　ユマは
ひとりぼっちに　なるの？

なんて　ひどい　夏《なつ》やすみ！
「だいじょうぶ。ユマの　ことは、ちゃんと
かんがえてあるわ。」
ママが　いったときです。
ピンポーン！
ベルが　なって、声《こえ》が　しました。
「ナニーです。」
げんかんには　黒《くろ》い　ふくに、かみを
おだんごに　した、ちょっと　かわった　女《おんな》の人《ひと》。

「よかったわ、まにあって。もう　びょういんに
いかなくちゃ。」
ママが　ナニーさんに　せつめいしてから、
ユマに　いいました。
「ママが　にゅういんする　あいだ、ユマの
めんどうは、ナニーさんが　みてくれるからね。」
「ええっ！」
「はい。おりょうり、おせんたく、おそうじに
かていきょうしも　いたします。」

ナニーさんが
じまんげに
いいました。

つまり、ママは
赤《あか》ちゃんの　ことで
たいへんだから、
ユマの　ことは
ナニーさんに
まかせちゃったって　ことなのね。

ママが　びょういんに　でかけて、ユマは
おもしろくなくって　しかたありません。
「つまんない。わたしも　赤《あか》ちゃんに
なっちゃいたいわ。」
すると、ナニーさんが　すまして　いいました。
「それが　ねがいなんですね。おまかせください。」
えっ、な、なに？
ねがいって？
なに　いってるの？

ナニーさんは　ポケットから　ささっと
ぼうっきれを　とりだしました。
ぼうっきれは、ぐーんと　まほうの
つえみたいに
大《おお》きくなりました。

そして！
ナニーさんが　ぐるっと　まわしたとたん！
きゅうに　ユマは、エレベーターに　のって
さがるような　かんじが　して……ええっ、
まわりが　大《おお》きくなりました。
うそ、なんで？
いおうと　したら、バブバブとしか　声《こえ》が
でません。
ユマは　赤《あか》ちゃんに　なっていたのです。

きていた　ようふくは
大《おお》きすぎ。
ベッドの　さくの
中《なか》で　うごけなーい！
このまま、頭《あたま》の
上《うえ》の　おにんぎょうを
みながら　ずっと
すごすなんて、
たいくつすぎ！

学校《がっこう》も　友《とも》だちも　なし。
テレビも　ゲームも
おしゃれも　みんな
できないのです。
「ねがいどおりですよ。」
ナニーさんの　声《こえ》が
して、わーん　いやよ。
赤《あか》ちゃんなんて
なりたくない！

はやく　もとに　もどしてよ！
足《あし》を　バタバタさせました。
その　とたん、ユマは　もとに
もどっていました。
「い、いま、赤《あか》ちゃんに　なってたような……。」
ユマが　頭《あたま》を　ふると、ナニーさんは
うなずきました。
「ええ、そうですよ。ユマさんが
のぞんだからです。」

「うそっ！　ナニーさんって、まじょなの⁉
かってに　わたしに　まほうを　かけないでよ！」
ユマが　もんくを　いったのに、ナニーさんは
すまして　いいました。
「さっきのは　とくべつです。はじめましての
かわりです。こんどからは　かけてほしい
まほうを　かけてあげます。」
「ほんとに？　だったら、もっと　すてきな
まほうを　みせて。」

でも、ナニーさんが　きっぱりと　いいました。
「まほうは　みせるために　つかう　ものでは
ありません。手品《てじな》では　ないのですからね。
それに、一日《いちにち》
一回《いっかい》だけです。」

ユマが　しょんぼりすると、ナニーさんが
いいました。
「でも　今日《きょう》は　はじめてなので、とくべつです。
おまけに　もう　一回《いっかい》。まほうで　おりょうりを
してあげましょう。」
えっ、ほんとに⁉
ナニーさんが　つえを　ふると、うわあ、
すてき！
トマトや　きゅうりが　自分《じぶん》で　キッチンの

すいどうで　シャワーを
あびます。
ほうちょうは
かってに　トントン
切《き》ります。

切《き》れた　おやさいは　おさらの
中《なか》に　とびこみます。
サラダの　できあがり！

じゃがいもや　にんじん、
たまねぎも　自分《じぶん》で
すいどうの　シャワーを
あびて　ほうちょうで
小《ちい》さくなると、　おなべに
とびこみました。
チキンも　れいぞうこから
とびだして、　おなべに　ジャンプ！
コトコト　にこんで、　カレーの　できあがり！

たべると、なんだか　とっても　いきの　いい
サラダに　カレー。
元気《げんき》が　もりもり　わいてくるような、おいしい
ランチでした。

☆

ママの　ぐあいは　だいぶ　よくなったけど、
赤《あか》ちゃんは、もうすこし　おなかに　いるみたい。
だいじょうぶよね。
ユマも　きっと　だいじょうぶ！

アニメの　まほう

「ユマさん、へやを　でるときは　テレビを
けしてください。赤《あか》ちゃんは　音《おと》に
びんかんなんですよ。赤《あか》ちゃんが
うまれてからは　ぜったいです。」
よく日《じつ》、ナニーさんに　ちゅういされました。
ユマも　わかってます。

でも、ナニーさんにまで
赤《あか》ちゃんの　ことを
いわれて
おもしろくありません。
　だから、ナニーさんが
かいものに　いったとき、
リビングの　テレビを
わざと　つけっぱなしに
しました。

自分《じぶん》の　へやで　ざっしを
みてると、ちっちゃな　子《こ》の
なき声《ごえ》が　きこえてきました。
「えーん　えん　ママ……。」
えっ、だれ？
家《いえ》の　中《なか》からみたい。

さがしまわると、声《こえ》は　リビングからでした。

きゃっ！

どうして？

なんと、かわいい　ぬいぐるみのような　かめが
ないていたのです。

「だれ？　どうしたの？」

ユマが　きいても　なくばかり。

どうしよう……そうだわ！

「いない　いない　ばあ。」

ユマが　あやしてみると、かめは　なきながら
わらいました。
ユマは　うれしくなりました。
「いない　いない　ばあ。」
やったあ！
また　わらってくれます。
ユマは　うれしくって、なんども　やりました。
学校《がっこう》の　すいそうで　かってる　かめは、えびが
すきだけど、ぬいぐるみみたいな　かめなら

えびせんべいは　どうかしら？
そう　おもって　あげてみると、
よろこんで　ぺろっと
たべました。
「どうしたの？　まいご？
わたしは　ユマよ。」
ユマが　いうと、かめは
まだ　ひっくひっくと
なきながら　いいました。

「ぼく、ノロタン。」
「どこから　きたの？」
「あっち。」
ゆびさすほうを
みると、あっ、
テレビ！
テレビでは
「うらしまたろう」の
アニメを

やっています。
ノロタンは、うらしまたろうを　のせて
およいでる　かめを　ゆびさして、「ママ」と
いいます。
どういう　こと？
そのときです。
ナニーさんが　かいものから　かえってきました。
「まあ、ノロタンじゃ　ないですか！　ユマさん、
テレビを　つけっぱなしに　したんじゃ

ありませんか？　テレビから　まちがえて　この
家《いえ》に　およいできたんですね。」
ノロタンは　にんげんの　子《こ》どもに　つかまって、
いじめられてた　ところを
うらしまさんに
たすけてもらったそうです。
おれいに　ママかめが
うらしまさんを　りゅうぐうじょうに
つれていく　とちゅうで、うしろを

およいでいた　ノロタンは、まいごに
なってしまいました。
そして、ユマの　家《いえ》の　リビングに
でてきてしまったのです。
「だれも　みていないのに、
テレビを　つけっぱなしに
したせいです。」
ナニーさんが　きっぱりと
いいました。

どうしよう！
アニメの　ばめんは、りゅうぐうじょうに
なりました。
「あっ！　ぼくの　おうち。」
ノロタンが　さけんで、ユマが　いいました。
「おねがい　ナニーさん、ノロタンを
りゅうぐうじょうに　かえしてあげて。」
まだ　今日《きょう》の　まほうを　おねがいしてなくて
よかった！

「しかたないですね。おまかせください。」
ナニーさんは　エプロンから　ぼうっきれを
だして、ぐるんと　まわしました。
そのとたん！
三人《さんにん》は　テレビの　中《なか》の　りゅうぐうじょうの
キッチンに　いたのです。
うらしまさんは、おとひめさまと　おざしきで
あってるみたいです。
「ママー。」

ノロタンは　ママかめに　しがみつきました。

「ナニーさん、ありがとうございます。そちらの
おじょうさんも。」

よろこんだ　ママかめが、おりょうりを
だしてくれました。

「うらしまさんに　だす　おりょうりを、ちょっと
へらしました。だって、ナニーさんが
きてくれたんですからね。」

海《うみ》の　中《なか》なのに、すごい　ごちそう！

そして　うれしかったのは、ひらめや　たいが
おどりの　れんしゅうを　みせてくれた　こと。
はごろものような　すてきな　いしょうを、
ユマにも　かけてくれました。
おとひめさまも　やってきました。
「うらしまさんの　あいてを　しなくて　いいの？」
ナニーさんが　きくと、おとひめさまは
にこっとしました。
「いまは　ねてるわ。せっかく　ナニーさんが

きてくれたんですもの。はい、おみやげよ。」
そう　いって、おとひめさまは　ナニーさんに
たまてばこのような　はこを　わたしました。
「ノロタン、まいごに　なって
こわかったでしょ？」
ママかめが　きくと、ノロタンが　いいました。
「ううん。ユマおねえちゃんが　あそんでくれて、
おかしを　くれたから、たのしかったよ。」
ユマは　うれしくって　たまらなくなりました。

「さあ、夜《よる》ごはんを　よういするので、
かえりましょう。」

ナニーさんが　いって、つえを　ふったと
おもうと、ユマは　もう　自分《じぶん》の　家《いえ》でした。
テレビでは、うらしまさんの　おはなしが
おわったところでした。
ゆめかと　おもいましたが、たしかに
リビングには　海《うみ》の　においが　して、
ノロタンの　頭《あたま》に　ついてた
かいそうが　おちていました。

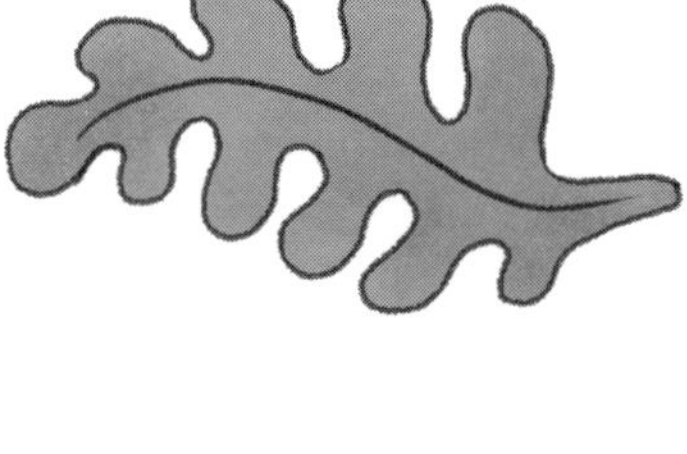

うまれる まえの まほう

「赤《あか》ちゃん、ママの おなかの 中《なか》が、よっぽど
いごこちが いいみたい。」
よく日《じつ》、ママが でんわで いいました。
「わたしの ときは？」
「ユマは すぐ うまれたわ。パパと ママの
はじめての 子《こ》どもで、おばあちゃんたちも

はじめての　まごで、みんなが　すごく
まってたからかしら。」
そう　いわれると、ユマは　ちょっと
ふあんになりました。
まさか、赤《あか》ちゃんが　うまれてこないのは、
ユマが　赤《あか》ちゃんを　まってないから？
ユマの　気《き》もちを　赤《あか》ちゃんは　しってるの？
それで　赤《あか》ちゃんは　なかなか
うまれてこないの？

ナニーさんに　きいてみました。

「ねえ、ナニーさん、赤《あか》ちゃんって　いろんなこと　わかってるのかしら？」

「ええ。もちろんです。『うまれる　まえの国《くに》』に　いけば、よく　わかりますよ。」

「そんなところ、あるの？　いきたいわ。」

「おまかせください。くらくなったら、いっしょにほうきで　とんでいきましょう。」

「わたしも　ほうきに　のせてくれるの？」

「にじの　むこうに
あるんです。そこへ　いく
ほうほうが、ほかに
ありますか？」
ナニーさんが　いって、
ユマは
ワクワクしました。

ほうきに　のるって、なんて
まじょらしいんでしょう！
にじの　むこうに　いくなんて！
それで、くらくなるのを
ドキドキして　まちました。
テレビを　みても　うわの空《そら》。
しゅくだいを　やっても、ざっしを
みても、おやつを　たべても
うわの空《そら》。

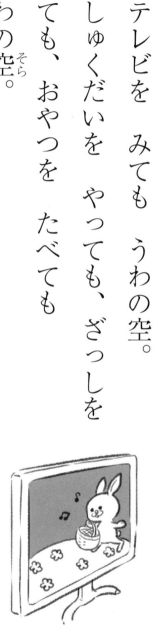

くらくなると、
ナニーさんが
家《いえ》じゅうの
かぎを　しめました。

なにを　やっても　うわの空《そら》。
でも、ナニーさんは
まほうも　つかわずに
へいぜんと　おそうじや
おせんたくを　しています。

そして、 いよいよ　二《に》かいの
まどから　ほうきで
とびたつのです。
おちないように　すわると、
ほうきは　ふわっと　うきました。
そして、 すんだ　夜空《よぞら》を
すべるように　とびました。
風《かぜ》が　ふいて、 心《こころ》の　中《なか》まで
すきとおるような　気《き》が　します。

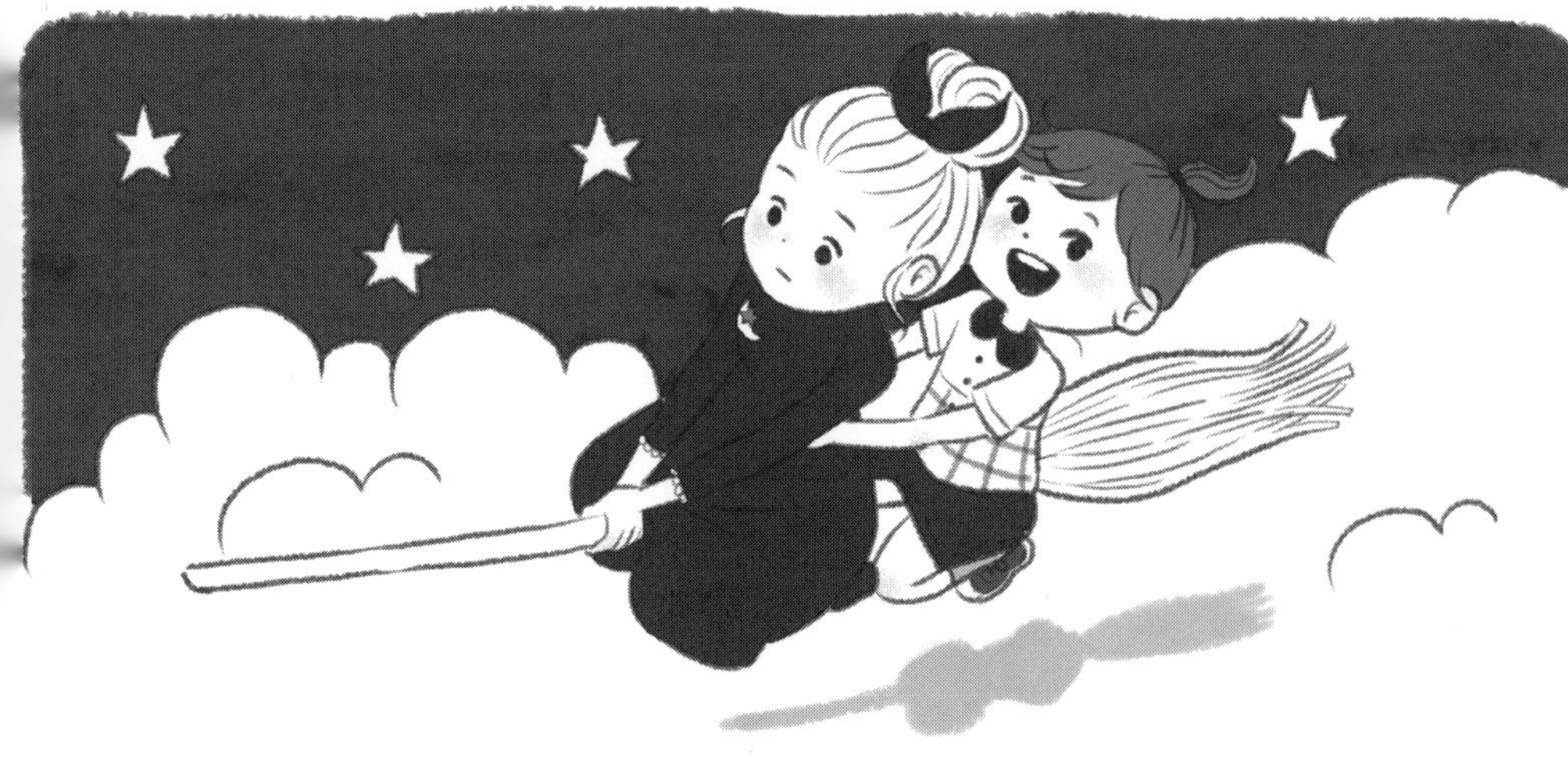

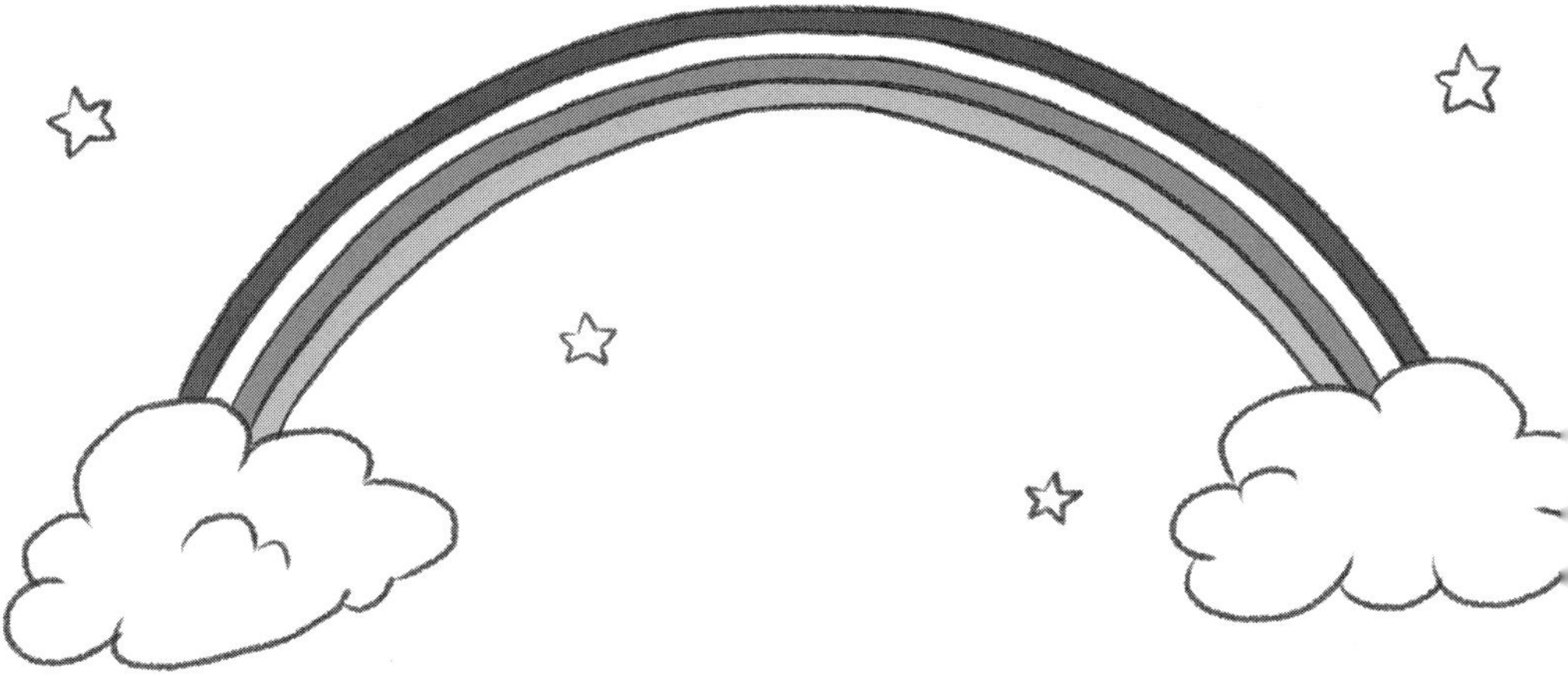

お星《ほし》さまの　光《ひかり》が
きらめきます。
目《め》のまえに　にじが
あらわれたと　おもうと、
ふたつに　わかれて、
とびらのように　ひらきました。
そこを　とおると、青空《あおぞら》に
なり、白《しろ》い　ふわふわの　くもの
せかいが　みえました。

小《ちい》さな　子《こ》どもたちが　いっぱい　いて、あそんだり、ぼうえんきょうを　のぞいたりしています。

「あの子《こ》たちが　うまれる　まえの子《こ》どもたちです。」

ナニーさんが　いいました。

「うわあ、かわいい！」

「ええ。心《こころ》の　中《なか》もですよ。」

子《こ》どもたちは　ちじょうを　みて、どの　家《いえ》の

子《こ》どもに　なろうかと　かんがえているのです。
「ぼく、あの　おにいちゃんと　あそびたいな。」
「わたし、あの　ママが　びょうきで
たいへんそうだから、手《て》つだってあげるの。」
「あの　おねえちゃん、さびしそう。そばに
いてあげたいな。」
「あの　やさしそうな　パパと　あそびたいな。」
みんな、やさしい　気《き》もちや　すなおで
かわいい　気《き》もちで、うまれる　家《いえ》を　きめてます。

ほんとに　てんしみたい。
ナニーさんを　みつけた　子《こ》どもたちが
さけびました。

「あっ、ナニーさんだ！」

「ナニーさん！　また　あそんでよ。」

でも、ナニーさんは　あいかわらず　すまして
いいました。

「今日《きょう》は　ちょっと　よっただけです。」

すると、ひとりの　子《こ》が　ユマに　いいました。

「あっ、ユマ！」

「えっ、どうして　わたしの　名《な》まえを
しってるの？」

「わたしの　なかよしの　子《こ》が
ぼうえんきょうで　みて、
ユマに　おねえちゃんに
なってほしいって
おりていったの。」
ユマは　うれしくって、
心《こころ》が　きゅんとしました。
きっと　ユマの　家《いえ》に　くる
赤《あか》ちゃんの　ことです。

ナニーさんと　いっしょの　かえりみち。
「ナニーさん　ありがとう！　わたし、赤《あか》ちゃんの
いい　おねえちゃんに　なるわ。」

そう　いって、
ユマは
ナニーさんに
ぎゅっと
うしろから
だきつきました。
ナニーさんが
ふふっと　わらった
気《き》が　しました。

こんにちは　赤《あか》ちゃん

よく日《じつ》に　なっても、まだ　赤《あか》ちゃんの
うまれる　ようすが　ありません。
「ねえ、ナニーさん、赤《あか》ちゃんが　はやく　元気《げんき》に
うまれますようにって　おまいりに　いきたいの。
どこか　いい　ところ、しってる？」
ユマが　ききました。

「もちろんです。」
「うわあ、つれてって。おねがい！」
「おまかせください。では、お気《き》にいりの
かっこうを　してください。」

ユマは　お気《き》にいりの　ふくを　きて、
お気《き》にいりの　ヘアピンも　つけました。
おさいせんの　おこづかいも　もちました。
ナニーさんが　青地《あおじ》に　貝《かい》がらの　もようの
はこを　とりだしました。
「あっ、おとひめさまの　たまてばこ！　あけても
おばあさんに　ならない？」
「しんぱいなら　やめますか？」
ユマは　あわてて　首《くび》を　よこに　ふります。

たまてばこを　あけると、
中《なか》から　まっ白《しろ》な　けむり！　と
おもったら、わお！
白《しろ》い　すなはまの　青《あお》い　海《うみ》。
「どちらに　おでかけですか？」
きゅうに　はこから
ぬっと　かめの　顔《かお》が
でてきて、ききました。
「わっ、ノロタンママ！」

「はい。また　あえましたね。ひみつの　ばしょに
いくなら、なんといっても　かめですよ。」

ノロタンママが　いいました。

「つるかめじんじゃに　おねがいします。」

そう　いって、ナニーさんが　またがりました。

えっ、す、すごい！

「ユマさん、いかないんですか？」

ナニーさんに　いわれて、ユマも　あわてて
うしろに　のりました。

かめは　のろのろと　すなはまを　あるいて、
海《うみ》に　でると、すべるように　すいーっと
およぎはじめました。

うわあ、うらしまさんみたいで　たのしい！

岩《いわ》だらけの　島《しま》が　みえてきました。

しめなわを　はってある、大《おお》きな　岩《いわ》が
あります。

「ここが　むかしから　ある
『つるかめじんじゃ』です。」

ナニーさんが　いいました。
みると、つるの
みこさんと、かめの
かんぬしさんが
うれしそうに　まっています。
「おお、ナニーさん、先日《せんじつ》は
ひまごの　ノロタンが
おせわになったそうですね。
よく　きてくださった。」

「ナニーさんの　しりあいなの？」
ユマが　きくと、かんぬしの　かめも
みこの　つるも
じまんげに
いいました。
「もちろんです！」
ユマが、
おさいせんを
だそうと　おさいふを

とりだすと、みこさんは
首《くび》を　よこに
ふりました。
「お金《かね》は　だめです。
だいじに　している
もの、心《こころ》の　こもっている
ものを　おねがいいたします。」
えっ、どうしよう……。
でも、ママと　赤《あか》ちゃんのためだものね。

ユマは　お気《き》にいりの　ヘアピンを
はずしました。
はじめての　おこづかいで
かった　ものです。
すると、かめが　においを
かいで　いいました。
「ふんふん。とっても　いい
におい。だいじな　ものは、
とっても　すてきな

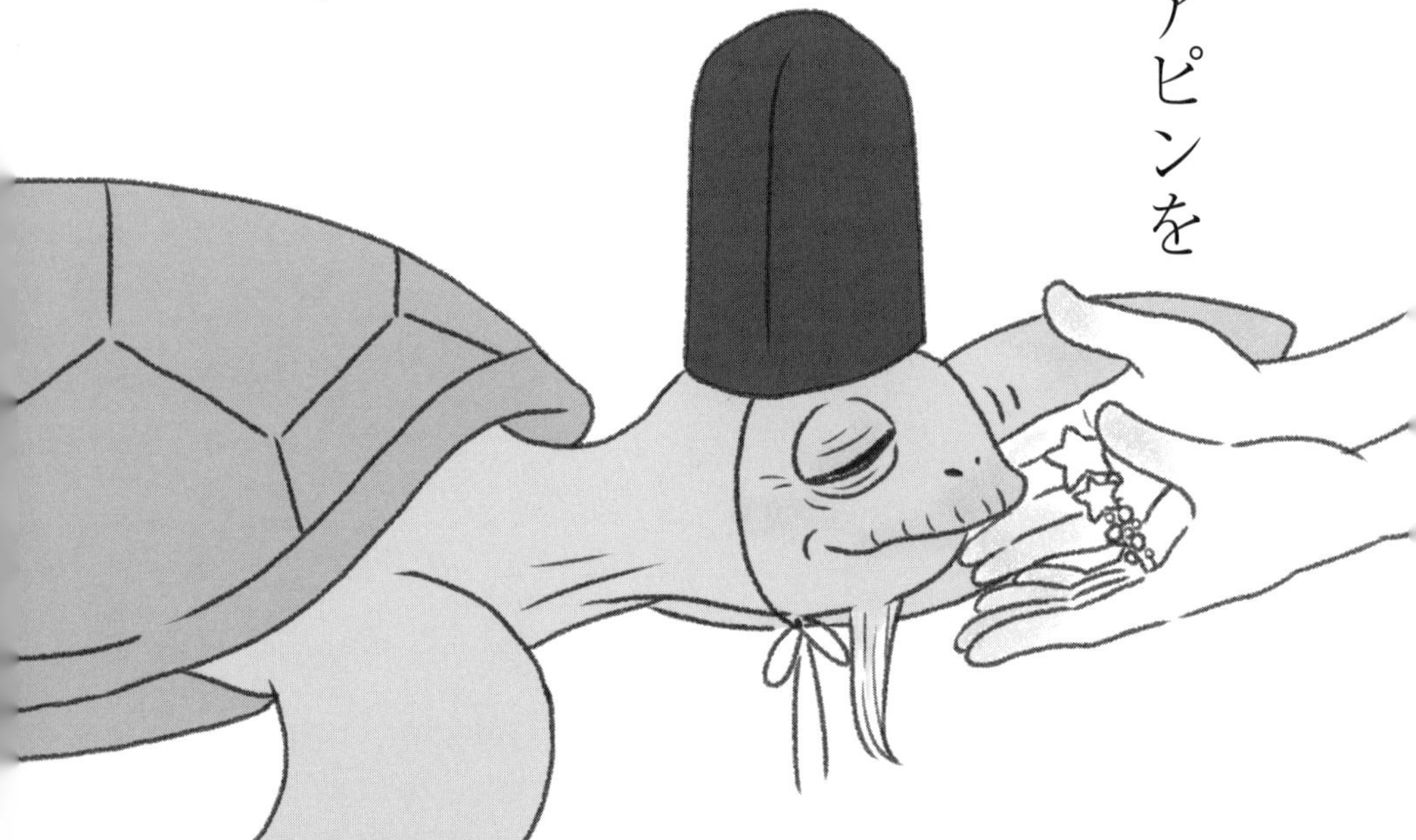

においが　する。」

岩《いわ》に　おねがいを　すると、また　かめが
ききました。

「おまもりを　つくりますか？」

「えっ、いいの？　すてき！」

「はい、大《だい》サービスです。あいされて　だいじに
されていた　ものは、ほんとに　いいですね。」

かめが　いって、白《しろ》くて　きれいな　おまもりの
かたちに　なってる　ふくろを　くれました。

「まるで　はねみたいに　きれい。」
ユマが　いうと、つるが　うなずきました。

「はい。あやにしきと　いって、つるの　わたしが
はねを　ぬいて、ぎっこん　ばったんと　おった、
うつくしい　ぬので　できていますから。」
「うわあ、すてき！」
つるが　うれしそうに　いいました。
「おまもりの　上《うえ》に　ねがいを　かくのです。
なんの　ねがいごと？」
「ママから　赤《あか》ちゃんが、はやく　元気《げんき》に
うまれてきてほしいって　こと。」

「じゃあ、『安産《あんざん》』って　かいてください。
ひらがなでも　いいですよ。」
「はい。でも、あんまり　じょうずに
かけないかも……。」
ナニーさんが、ペンを　さしだして　いいました。
「心《こころ》を　こめれば、それが　一《いち》ばん　ききめが
あるのですよ。」
ユマは　いっしょうけんめい　かきました。
「いい　おまもりが　できましたね。」

ナニーさんが
いいました。
ユマも　うれしくなりました。
「はやく　ママに
わたしたいわ。」

ユマが　いうと、
ナニーさんが
うなずきました。

ノロタンママに　のって、ナニーさんと　家《いえ》に
もどると、びょういんに　いそぎました。
すると、パパが　きていました。
「もうすぐ　うまれそうだって　いうんだ。
しゅっちょうさきから　いそいで
もどってきたんだよ。」
うわあ、うれしい！
ねがいが　かなったんだわ。
よかった、まにあった！

ユマが　ママに　おまもりを
わたすと、ママは　ちょっと
くるしそうだけど、
うれしそうに
ピースしました。
これから　赤《あか》ちゃんを
うむ、「ぶんべんしつ」と
いう　おへやに
いくのです。

がんばってね。

ママも、おなかの　赤《あか》ちゃんも。

「おばあちゃんも　かぜが　なおったから、いまびょういんに　むかってるよ。今夜《こんや》からはおばあちゃんが　いてくれるよ。」

パパが　いいました。

「えっ、ほんと？　でも　ナニーさんもいてくれるんでしょ？」

ユマが　きくと、パパが　首《くび》を　よこに

ふりました。
「おばあちゃんもきてくれるし、
パパも
しゅっちょうから
かえってきたからね。
ナニーさんは
今日《きょう》までだよ。」
ええっ、ざんねん！

「ナニーさん、みじかい　あいだだったけど、
ありがとう。」
パパは　もうしわけなさそうに　いうと、ママの
いる　ぶんべんしつに　はいりました。
おばあちゃんも　すきだけど、ナニーさんにも
いてほしいのに。
「わたしが　大《おお》きくなって、ママに　なるときは、
ナニーさんに　ずっと　いてほしいわ。」
ユマが　いうと、ナニーさんが　うなずきました。

「おまかせください。」
いつも　まほうを　かけるときに、いってくれる
ことばです。
わーい、きっと　かなうわ！

そのときです。
「オギャアー。」
赤《あか》ちゃんの　元気《げんき》な　声《こえ》が　しました。
ユマの　おとうとが　うまれたのです。
ユマは　ナニーさんの　手《て》を　ひっぱって、
赤《あか》ちゃんに　会《あ》いに　いそぎました。

おまかせください

ナニーさんの　おはなし、
いかがでしたか？
あなたの　かんそうを　きかせてね。

ナニーさんに　おうちに
きてほしい子《こ》、いるかな？
どうして　きてほしいの？
どんな　まほうを　かけてほしい？
ナニーさんの　イラストも
かいて　おくってね！

おたよりおまちしています

〒160-8565
新宿区大京町22-1
（株）ポプラ社
「まじょの ナニーさん」係

ナニーさんの さいしょの おはなし

『まじょのナニーさん
まほうでおせわいたします』

ひとりぼっちのレミのところに、ナニーさんがやってきました！　絵本《えほん》の中《なか》にあそびにいったり、あまの川《がわ》にねがいごとをながしたり、ゆめみたいにステキなことが、い〜っぱいのおはなし！

作家・藤　真知子（ふじまちこ）

東京女子大学卒業。『まじょ子どんな子ふしぎな子』でデビュー。以後、「まじょ子」シリーズ（既刊59巻）は幼年童話のファンタジーシリーズとして子どもたちの人気を博している。

他にも絵本『モットしゃちょうと モリバーバの もり』や読み物「わたしのママは魔女」シリーズ（全50巻）（以上、ポプラ社）、「チビまじょチャミー」シリーズ（岩崎書店）など作品多数。

画家・はっとりななみ

武蔵野音楽大学卒業。その後東京デザイン専門学校でグラフィックデザインを学び、製紙メーカーデザイン部を経て、イラストレーターに。絵本の挿絵やグリーティングカードほか、さまざまな媒体にイラストレーションを提供している。

まじょの　ナニーさん
にじの　むこうへ　おつれします
2017年7月　第1刷
2018年5月　第2刷
藤　真知子　作　はっとりななみ　絵
発行者　長谷川 均　編集　松本麻依子　仲地ゆい
装丁　山﨑理佐子
発行所　株式会社ポプラ社
〒160-8565　東京都新宿区大京町22-1　振替　00140-3-149271
電話　（編集）03-3357-2216　（営業）03-3357-2212
インターネットホームページ　www.poplar.co.jp
印刷　共同印刷株式会社　製本　株式会社若林製本工場

ISBN978-4-591-15493-9　N.D.C.913　80p　22cm